श्री। अंतरिक्ष यान

रैमर वापस झुक गया। “आप स्थिति देख सकते हैं। हम इस तरह के एक कारक से कैसे निपट सकते हैं? सही चर। "

"उत्तम? भविष्यवाणी अभी भी संभव होनी चाहिए। एक जीवित वस्तु अभी भी आवश्यकता से कार्य करती है, निर्जीव सामग्री के समान। लेकिन कारण-प्रभाव श्रृंखला अधिक सूक्ष्म है; वहाँ अधिक कारकों पर विचार किया जाना है। अंतर मात्रात्मक है, मुझे लगता है। जीवित जीव की प्रतिक्रिया प्राकृतिक कारण को समानता देती है, लेकिन अधिक जटिलता के साथ। "

सकल और क्रेमर बोर्ड प्लेटों पर देखा गया, दीवार पर निलंबित, अभी भी टपकता, जगह में सख्त चित्र। ने अपनी पेंसिल के साथ एक रेखा का पता लगाया।

"देखना है कि? यह एक स्यूडोपोडियम है। वे जीवित हैं, और अब तक, एक हथियार जिसे हम हरा नहीं सकते। कोई भी यांत्रिक प्रणाली सरल या जटिल का मुकाबला नहीं कर सकती है। हमें जॉनसन नियंत्रण को स्क्रैप करना होगा और कुछ और खोजना होगा। ”

“इस बीच युद्ध जारी है। गतिरोध। चेकमेट। वे हमसे नहीं मिल सकते हैं, और हम उनके रहने वाले क्षेत्र से नहीं मिल सकते हैं। ”

क्रेमर सिर हिलाया। “यह उनके लिए एक आदर्श रक्षा है। लेकिन अभी भी एक जवाब हो सकता है। ”

"वह क्या है?"

"एक मिनट रुकिए।" क्रेमर ने अपने रॉकेट विशेषज्ञ की ओर रुख किया, जो चार्ट और फाइलों के साथ बैठे थे। “भारी क्रूजर जो इस सप्ताह वापस आ गया। यह वास्तव में स्पर्श नहीं किया, क्या यह? यह करीब आ गया लेकिन कोई संपर्क नहीं था। ”

"सही बात।" विशेषज्ञ ने सिर हिलाया। “मेरा बीस मील दूर था। क्रूजर अंतरिक्ष-ड्राइव में था, जो सीधे प्रोक्सीमा की ओर बढ़ रहा था, लाइन-स्ट्रेट, जॉनसन नियंत्रण का उपयोग करके, निश्चित रूप से। इसने अज्ञात कारणों से एक घंटे पहले एक चौथाई की अवहेलना की थी। बाद में इसने अपना पाठ्यक्रम फिर से शुरू किया। जब उन्हें यह मिला था। ”

"यह स्थानांतरित कर दिया," क्रेमर ने कहा। "किन्तु पर्याप्त नहीं। इसके बाद खदान उसके साथ आ रही थी। यह वही पुरानी कहानी है, लेकिन मैं संपर्क के बारे में आश्चर्यचकित हूं। "

"यहाँ हमारा सिद्धांत है," विशेषज्ञ ने कहा। “हम संपर्क की तलाश में रहते हैं, स्यूडोपोडियम में एक ट्रिगर। लेकिन अधिक संभावना है कि हम एक मनोवैज्ञानिक घटना देख रहे हैं, बिना किसी भौतिक सहसंबंध के एक निर्णय। हम उस चीज़ के लिए देख रहे हैं जो वहाँ नहीं है। खदान को उड़ाने का फैसला किया। यह हमारे जहाज को देखता है, दृष्टिकोण करता है और फिर निर्णय लेता है। ”

"धन्यवाद।" सकल में बदल गया। “ठीक है, यह पुष्टि करता है कि मैं क्या कह रहा हूँ। स्वचालित रिले द्वारा निर्देशित एक जहाज एक खदान से कैसे बच सकता है जो विस्फोट करने का फैसला करता है? मेरा प्रवेश का पूरा सिद्धांत यह है कि आपको ट्रिगर को ट्रिप करने से बचना चाहिए। लेकिन यहां ट्रिगर एक जटिल, विकसित जीवन-रूप में मन की एक स्थिति है। "

"बेल्ट पचास हजार मील गहरी है," सकल गयी। “यह उनके लिए एक और समस्या का हल करता है, मरम्मत और रखरखाव। लानत की चीजें फिर से पैदा होती हैं, उन में जगह बनाकर रिक्त स्थान भरें। मुझे आश्चर्य है कि वे क्या खाते हैं? "

“शायद हमारी पहली पंक्ति के अवशेष। बड़े क्रूजर एक विनम्रता होनी चाहिए। यह जीवों का खेल है, एक जीवित प्राणी और स्वचालित रिले द्वारा संचालित एक जहाज के बीच। जहाज हमेशा हारता है। ” ने एक फ़ोल्डर खोला। "मैं आपको बताता हूं कि मैं क्या सुझाव देता हूं।"

"जाओ," सकल ने कहा। “मैं पहले ही दस समाधान सुन चुका हूँ। आपका क्या है?"

“मेरा बहुत सरल है। ये जीव किसी भी यांत्रिक प्रणाली से बेहतर हैं, लेकिन केवल इसलिए कि वे जीवित हैं। लगभग कोई भी अन्य जीवन-रूप उनके साथ प्रतिस्पर्धा कर सकता है, कोई भी उच्च-जीवन-रूप। यदि युक अपने ग्रहों की रक्षा के लिए जीवित खानों को बाहर रख सकते हैं, तो हमें अपने स्वयं के जीवन-रूपों को कुछ इसी तरह से दोहन करने में सक्षम होना चाहिए। चलो उसी हथियार का उपयोग खुद करते हैं। ”

"आप किस जीवन-सूत्र का उपयोग करने का प्रस्ताव करते हैं?"

“मुझे लगता है कि मानव मस्तिष्क ज्ञात जीवित रूपों में सबसे अधिक चुस्त है। क्या आपको कोई बेहतर पता है? ”

“लेकिन कोई भी इंसान बाहरी यात्रा का सामना नहीं कर सकता है। प्रॉक्सिमा के पास कहीं भी जाने से पहले एक मानव पायलट दिल की विफलता से मर जाएगा। "

"लेकिन हमें पूरे शरीर की ज़रूरत नहीं है," क्रेमर ने कहा। "हमें केवल मस्तिष्क की आवश्यकता है।"

"क्या?"

"समस्या उच्च बुद्धि के व्यक्ति को खोजने में है जो योगदान देगा, उसी तरह से जब आंखें और हाथ स्वेच्छा से होते हैं।"

"लेकिन एक मस्तिष्क ..."

“तकनीकी रूप से, यह किया जा सकता है। कई बार दिमाग को स्थानांतरित किया गया है, जब शरीर के विनाश ने इसे आवश्यक बना

दिया। बेशक, एक अंतरिक्ष यान के लिए, एक भारी निकाय क्रूजर के लिए, एक कृत्रिम शरीर के बजाय, यह नया है। "

कमरे में सन्नाटा था।

"यह काफी एक विचार है," सकल ने धीरे से कहा। उसका भारी चौकोर चेहरा मुड़ गया। "लेकिन यहां तक कि इसे दबाने से काम हो सकता है, बड़ा सवाल यह है कि दिमाग किसका है?"

यह सब बहुत भ्रामक था, युद्ध का कारण, दुश्मन की प्रकृति। युकोना का संपर्क प्रॉक्सिमा सेंटौरी के एक रोमांचक ग्रह से हुआ था। टेरान जहाज के दृष्टिकोण पर, अंधेरे स्लिम पेंसिल के एक मेजबान ने अचानक उठा लिया था और दूरी में गोली मार दी थी। पहली वास्तविक मुठभेड़ तीन पेंसिल और टेरा से एक एकल अन्वेषण जहाज के बीच हुई। कोई इलाक़ा नहीं बचा। उसके बाद यह युद्ध से बाहर था, जिसमें कोई रोक नहीं थी।

दोनों पक्षों ने अपने सिस्टम के आसपास रक्षात्मक रिंगों का निर्माण किया। दोनों में से, युकोना बेल्ट बेहतर था। प्रॉक्सिमा के चारों ओर की अंगूठी एक जीवित अंगूठी थी, जो किसी भी टेरा से बेहतर हो सकती थी। मानक उपकरण जिसके द्वारा टेरान जहाजों को आउटस्पेस में निर्देशित किया गया था, जॉनसन नियंत्रण, पर्याप्त नहीं था। कुछ और चाहिए था। स्वचालित रिले पर्याप्त अच्छे नहीं थे।

- बिल्कुल भी अच्छा नहीं है, क्रेमर ने खुद को सोचा, क्योंकि वह उसके नीचे चल रहे काम पर पहाड़ियों को नीचे देख रहा था। पहाड़ी के साथ एक गर्म हवा चली, जिससे मातम और घास उखड़ गई। तल पर, घाटी में, यांत्रिकी लगभग समाप्त हो गया था; पलटा प्रणाली के अंतिम तत्वों को जहाज से हटा दिया गया था और ऊपर चढ़ाया गया था।

अब जो कुछ भी आवश्यक था वह था नया कोर, नई केंद्रीय कुंजी जो यांत्रिक प्रणाली का स्थान लेगी। एक मानव मस्तिष्क, एक बुद्धिमान, सावधान मानव का मस्तिष्क। लेकिन क्या इंसान इसके साथ हिस्सा होगा? यही समस्या थी।

क्रेमर बदल गया। सड़क पर एक आदमी और एक औरत के साथ दो लोग उसके पास आ रहे थे। वह आदमी स्थूल, अभिव्यक्तिहीन, भारी-भरकम था, गरिमा के साथ चल रहा था। वह महिला थी - वह आश्चर्य और बढ़ती झुंझलाहट में डूबी हुई थी। यह उनकी पत्नी थी। चूँकि वे अलग हो गए थे इसलिए उन्होंने उसकी छोटी सी देखी थी ...।

"क्रेमर," सकल ने कहा। “देखो मैं कौन था। हमारे साथ वापस आ जाओ। हम शहर में जा रहे हैं। ”

"हैलो, फिल," डोलोरेस ने कहा। "अच्छा, क्या आप मुझे देखकर खुश नहीं हैं?"

उसने सहमति में सिर हिलाया। "क्या आप? तुम ठीक लग रही हो। ” वह अभी भी सुंदर और उसकी वर्दी में पतला था, आंतरिक सुरक्षा का नीला-ग्रे, सकल 'संगठन।

"धन्यवाद।" वह हंसी। “आप सब ठीक कर रहे हैं, लगता है। कमांडर सकल मुझे बताता है कि आप इस परियोजना, ऑपरेशन प्रमुख के लिए जिम्मेदार हैं, क्योंकि वे इसे कहते हैं। आपने किसके सिर पर फैसला लिया है? ”

"यही समस्या है।" ने एक सिगरेट जलाई। “यह जहाज जॉनसन सिस्टम के बजाय एक मानव मस्तिष्क से लैस होना है। हमने मस्तिष्क के लिए विशेष जल निकासी स्नान का निर्माण किया है, इलेक्ट्रॉनिक रिले आवेगों को पकड़ते हैं और उन्हें बढ़ाते हैं, एक निरंतर खिला वाहिनी जो जीवित कोशिकाओं को हर चीज की आपूर्ति करती है जिनकी उन्हें आवश्यकता होती है। परंतु-"

"लेकिन हमें अभी भी मस्तिष्क नहीं मिला है," सकल समाप्त हो गया। वे कार की ओर वापस चलने लगे। "अगर हम पा सकते हैं कि हम परीक्षणों के लिए तैयार होंगे।"

"क्या मस्तिष्क जीवित रहेगा?" डोलोरेस ने पूछा। "क्या यह वास्तव में जहाज के हिस्से के रूप में रहने वाला है?"

“यह जीवित हो जाएगा, लेकिन सचेत नहीं। बहुत कम जीवन वास्तव में सचेत है। जानवर, पेड़, कीड़े अपनी प्रतिक्रियाओं में तेज हैं, लेकिन वे सचेत नहीं हैं। हमारे व्यक्तिगत व्यक्तित्व की इस प्रक्रिया में, अहंकार, संघर्ष नहीं करेगा। हमें केवल प्रतिक्रिया क्षमता की जरूरत है, इससे ज्यादा कुछ नहीं।

डोलोरेस ने किनारा कर लिया। "बेहद भयानक!"

"युद्ध के समय में सब कुछ करने की कोशिश की जानी चाहिए," क्रेमर ने अनुपस्थित कहा। “यदि एक प्राण त्याग दिया जाए तो युद्ध समाप्त हो जाएगा। इस जहाज के माध्यम से मिल सकता है। एक जोड़े को यह अधिक पसंद है और कोई और युद्ध नहीं होगा।

वे कार में सवार हो गए। जब उन्होंने सड़क को गिराया, तो सकल ने कहा, "क्या तुमने अभी तक किसी के बारे में सोचा है?"

क्रेमर ने अपना सिर हिला दिया। "यह मेरी लाइन से बाहर है।"

"आपका मतलब क्या है?"

"मैं एक इंजीनियर हूं। यह मेरे विभाग में नहीं है। ”

"लेकिन यह सब आपका विचार था।"

"मेरा काम वहाँ समाप्त होता है।"

सकल उसे अजीब तरह से घूर रहा था। असहज रूप से स्थानांतरित हो गया।

"तो कौन इसे करने वाला है?" सकल ने कहा। "मैं अपने संगठन को फिटनेस निर्धारित करने के लिए विभिन्न प्रकार की परीक्षाएं तैयार कर सकता हूं, इस तरह की चीज-"

"सुनो, फिल," डोलोरेस ने अचानक कहा।

"क्या?"

वह उसकी ओर मुड़ी। "मेरे पास विचार है। क्या आपको याद है कि प्रोफेसर हम कॉलेज में थे। माइकल थोमस "

क्रेमर सिर हिलाया।

"मुझे आश्चर्य है कि अगर वह अभी भी जीवित है।" डोलोरेस भड़क गए। "अगर वह वह भयानक रूप से बूढ़ा होना चाहिए।"

"क्यों, डोलोरेस?" सकल ने पूछा।

"शायद एक बूढ़ा व्यक्ति जिसके पास ज्यादा समय नहीं बचा है, लेकिन जिसका दिमाग अभी भी स्पष्ट और तेज था-"

"प्रोफेसर थॉमस।" क्रेमर ने अपना जबड़ा रगड़ दिया। “वह निश्चित रूप से एक बुद्धिमान बूढ़ा बत्तख था। लेकिन क्या वह अभी भी जीवित हो सकता है? वह तब सत्तर का रहा होगा। ”

"हम यह पता लगा सकते हैं," सकल ने कहा। "मैं एक नियमित जांच कर सकता हूं।"

"तुम क्या सोचते हो?" डोलोरेस ने कहा। "यदि कोई मानव मन उन प्राणियों को पछाड़ सकता है -"

"मुझे यह विचार पसंद नहीं है," क्रेमर ने कहा। उसके दिमाग में एक छवि दिखाई दी थी, एक बूढ़े व्यक्ति की छवि जो डेस्क के पीछे बैठा था, उसकी चमकदार कोमल आँखें कक्षा में घूम रही थीं। बूढ़ा आदमी आगे की ओर झुका, एक पतला हाथ उठा-

"उसे इस से बाहर रखें," क्रेमर ने कहा।

"क्या गलत है?" स्थूल ने उसे उत्सुकता से देखा।

"यह इसलिए है क्योंकि मैंने इसे सुझाया," डोलोरेस ने कहा।

"नहीं।" क्रेमर ने अपना सिर हिला दिया। "ऐसा नहीं है। मुझे इस तरह की किसी चीज़ की उम्मीद नहीं थी, किसी को मैं जानता था, एक आदमी जिसके तहत मैंने पढ़ाई की। मैं उसे बहुत स्पष्ट रूप से याद करता हूं। वह एक बहुत ही विशिष्ट व्यक्तित्व था। ”

"अच्छा," सकल ने कहा। "वह ठीक लगता है।"

“हम ऐसा नहीं कर सकते। हम उसकी मृत्यु पूछ रहे हैं! ”

"यह युद्ध है," सकल ने कहा, "और युद्ध व्यक्ति की जरूरतों पर इंतजार नहीं करता है। आपने कहा कि स्व। निश्चित रूप से वह स्वयंसेवक होगा; हम इसे उस आधार पर रख सकते हैं। ”

"वह पहले से ही मृत हो सकता है," डोलोरेस बड़बड़ाया।

"हम यह पता लगाएंगे," सकल ने कार को गति दी। उन्होंने चुप रहने का रास्ता निकाल दिया।

एक लंबे समय के लिए दोनों छोटे लकड़ी के घर का अध्ययन कर रहे थे, आइवी के साथ ऊंचा हो गया था, एक विशाल ओक के पीछे बहुत पीछे सेट था। छोटा शहर शांत और नींद में था; एक बार थोड़ी देर में एक कार धीरे-धीरे दूर के राजमार्ग पर चली गई, लेकिन वह सब कुछ था।

"यह जगह है," सकल ने क्रेमर से कहा। उसने अपनी बाहें मोड़ लीं। "काफी विचित्र सा घर।"

क्रेमर ने कुछ नहीं कहा। उनके पीछे दो सुरक्षा एजेंट अभिव्यक्तिहीन थे।

सकल गेट की ओर शुरू कर दिया। "चलो चलते हैं। चेक के अनुसार वह अभी भी जीवित है, लेकिन बहुत बीमार है। हालाँकि उनका मन चुस्त है। यह निश्चित प्रतीत होता है। यह कहा गया है कि वह घर नहीं छोड़ता

है। एक महिला अपनी जरूरतों का ख्याल रखती है। वह बहुत कमजोर है। ”

वे पत्थर के चलने और पोर्च के ऊपर तक गए। सकल ने घंटी बजाई। उन्होंने इंतजार किया था। एक समय के बाद उन्होंने धीमी गति से चलने की आवाज सुनी। दरवाजा खुला। एक आकारहीन रैपर में एक बुजुर्ग महिला ने उन्हें बेसब्री से अध्ययन किया।

"सुरक्षा," सकल ने अपना कार्ड दिखाते हुए कहा। "हम प्रोफेसर थॉमस को देखना चाहते हैं।"

"क्यों?"

"सरकारी व्यवसाय।" उन्होंने क्रेमर पर नज़र डाली।

क्रेमर ने आगे कदम बढ़ाया। "मैं प्रोफेसर का शिष्य था," उन्होंने कहा। "मुझे यकीन है कि वह हमें देखकर बुरा नहीं मानेंगे।"

महिला अनिश्चित रूप से झिझक रही थी। सकल ने द्वार में कदम रखा। “ठीक है, माँ। यह युद्ध का समय है। हम यहां खड़े नहीं हो सकते। ”

दो सुरक्षा एजेंटों ने उसका पीछा किया, और क्रेमर अनिच्छा से पीछे आया, दरवाजा बंद कर दिया। जब तक वह एक खुले दरवाजे पर नहीं आया तब तक सकल ने हॉल को नीचे गिरा दिया। वह रुक गया, अंदर देखते हुए। क्रेमर एक बिस्तर के सफेद कोने, एक लकड़ी की चौकी और एक ड्रेसर के किनारे को देख सकता था।

वह सकल में शामिल हो गया।

अंधेरे कमरे में एक मुरझाया हुआ बूढ़ा आदमी लेटा हुआ था, अंतहीन तकिए पर गिरा हुआ था। पहले तो ऐसा लगा कि वह सो रहा है; जीवन की कोई गति या संकेत नहीं था। लेकिन एक समय के बाद क्रेमर ने एक

बेहोश झटके के साथ देखा कि बूढ़ा व्यक्ति उन्हें गौर से देख रहा था, उसकी निगाहें उन पर टिकी हुई थीं।

"प्रोफेसर थॉमस?" सकल ने कहा। "मैं सुरक्षा के कमांडर सकल हूँ। मेरे साथ यह आदमी शायद आपके लिए जाना जाता है- ”

क्रेमर पर फीकी आँखें।

"मैं उसे जानता हूँ। दलीप क्रेमर...। आप भारी हो गए हैं, लड़का।
" आवाज बेकार थी, सूखी राख की सरसराहट। "क्या यह सच है कि आप अभी शादी कर चुके हैं?"

"हाँ। मैंने डोलोरेस फ्रेंच से शादी की। आप उसे याद करते हैं। ” क्रेमर बिस्तर की ओर आया। “लेकिन हम अलग हो चुके हैं। यह बहुत अच्छी तरह से काम नहीं किया। हमारे करियर- ”

"क्या हम यहाँ आए थे, प्रोफेसर," सकल शुरू हुआ, लेकिन क्रेमर ने उसे एक अधीर लहर के साथ काट दिया।

"मुझे बात करने दो। क्या तुम और तुम्हारे आदमी यहाँ से इतनी देर तक नहीं निकल सकते कि मुझे उससे बात करने दें? ”

सकल निगल लिया। "सब ठीक है, क्रेमर।" उसने दो आदमियों को सिर हिलाया। वे तीनों कमरे से बाहर चले गए, हॉल में बाहर गए और उनके बाद दरवाजा बंद कर दिया।

बिस्तर में बूढ़े आदमी ने चुपचाप क्रेमर को देखा। "मैं उसके बारे में ज्यादा नहीं सोचता," उन्होंने आखिरी में कहा। “मैंने पहले उसका प्रकार देखा है। वह क्या चाहती है?"

"कुछ भी तो नहीं। वह बस साथ आया था। क्या मैं बैठ सकता हु?" क्रेमर को बिस्तर के बगल में एक सख्त कुर्सी मिली। "अगर मैं तुम्हें परेशान कर रहा हूँ -"

"नहीं। मैं तुम्हें फिर से देखने के लिए खुश हूँ, फिलिप। इतने लंबे समय के बाद। मुझे खेद है कि आपकी शादी नहीं हुई। ”

"क्या आप?"

“मैं बहुत बीमार हो गया हूँ। मुझे डर है कि दुनिया के मंच पर मेरा क्षण लगभग समाप्त हो गया है। ” प्राचीन आंखों ने छोटे आदमी का चिंतनपूर्वक अध्ययन किया। “तुम देखो जैसे कि तुम अच्छा कर रहे हो। हर किसी की तरह मैंने बहुत सोचा। आप इस समाज में शीर्ष पर गए हैं। ”

क्रेमर मुस्कुराया। फिर वह गंभीर हो गया। “प्रोफेसर, एक प्रोजेक्ट है जिस पर हम काम कर रहे हैं, जिसके बारे में मैं आपसे बात करना चाहता हूँ। इस पूरे युद्ध में हमें आशा की पहली किरण मिली है। यदि यह काम करता है, तो हम युक् डिफेंस को क्रैक करने में सक्षम हो सकते हैं, कुछ जहाजों को उनके सिस्टम में ला सकते हैं। अगर हम कर सकते हैं कि युद्ध को समाप्त किया जा सकता है।

"जारी रखें। अगर आप चाहें तो मुझे इसके बारे में बताएं। ”

“यह एक लंबा शॉट है, इस परियोजना। यह बिल्कुल काम नहीं कर सकता है, लेकिन हमें इसे आज़माना होगा। ”

"यह स्पष्ट है कि आप इसकी वजह से यहां आए थे," प्रोफेसर थॉमस ने गिड़गिड़ाया। “मैं उत्सुक हो रहा हूँ। जारी रखें।"

क्रेमर के समाप्त होने के बाद, बूढ़ा व्यक्ति बिना बोले वापस बिस्तर पर लेट गया। आखिर में उसने आहें भरी।

"मै समझता हुँ। एक मानव मन, एक मानव शरीर से बाहर ले जाया गया। ” वह थोड़ा बैठ गया, क्रेमर को देख रहा था। "मुझे लगता है कि तुम मेरे बारे में सोच रहे हो।"

क्रेमर ने कुछ नहीं कहा।

“इससे पहले कि मैं अपना फैसला करूँ, मैं इस पर कागजात, निर्माण के सिद्धांत और रूपरेखा देखना चाहता हूँ। मुझे यकीन नहीं है कि मुझे यह पसंद है। - अपने स्वयं के कारणों के लिए, मेरा मतलब है। लेकिन मैं सामग्री को देखना चाहता हूं। अगर आप ऐसा करेंगे- ”

"निश्चित रूप से।" क्रेमर खड़ा हुआ और दरवाजे पर गया। सकल और दो सुरक्षा एजेंट बाहर खड़े थे, प्रतीक्षा कर रहे थे। "सकल, अंदर आओ।"

उन्होंने कमरे में दाखिल किया।

"प्रोफेसर को कागजात दें," क्रेमर ने कहा। "वह निर्णय लेने से पहले उनका अध्ययन करना चाहता है।"

सकल ने अपने कोट की जेब से एक मनीला लिफाफे में फाइल निकाली। उसने उसे वृद्ध व्यक्ति को बिस्तर पर सौंप दिया। “यहाँ यह है, प्रोफेसर। आप इसे जांचने के लिए स्वागत करते हैं। क्या आप हमें जल्द से जल्द अपना जवाब देंगे? हम निश्चित रूप से शुरू करने के लिए बहुत उत्सुक हैं। "

"जब मैंने फैसला किया है तो मैं आपको अपना जवाब दूंगा।" उसने एक पतले, कांपते हाथ से लिफाफा लिया। “मेरा निर्णय इस बात पर निर्भर करता है कि मुझे इन पत्रों से क्या पता चलता है। अगर मुझे पसंद नहीं है, तो मैं किसी भी आकार या रूप में इस काम में शामिल नहीं होऊंगा। ” उसने हाथ मिलाते हुए लिफाफा खोला। "मैं एक चीज की तलाश में हूं।"

"यह क्या है?" सकल ने कहा।

“यह मेरा मामला है। मेरे द्वारा तय किए जाने पर मुझे एक नंबर छोड़ दो।

चुपचाप, सकल ने अपना कार्ड ड्रेसर को नीचे रख दिया। के रूप में वे बाहर चले गए प्रोफेसर थॉमस पहले से ही कागजात के पहले पढ़ रहे थे, सिद्धांत की रूपरेखा।

सुस्त सर्दियों से बैठा था, लाइन में उसका दूसरा। "फिर क्या?" सर्दी ने कहा।

"वह हमसे संपर्क करने जा रहा है।" क्रेमर ने कुछ कागज पर ड्राइंग पेन के साथ खरोंच किया। "मुझे नहीं पता कि क्या सोचना है।"

"आपका मतलब क्या है?" सर्दियों का अच्छा-खासा चेहरा हैरान था।

"देखो।" क्रेमर खड़ा था, आगे और पीछे उसकी वर्दी जेब में उसके हाथ। “वह कॉलेज में मेरे शिक्षक थे। मैंने एक आदमी के रूप में, साथ ही एक शिक्षक के रूप में उनका सम्मान किया। वह एक आवाज, एक बात करने वाली किताब से अधिक था। वह एक व्यक्ति था, एक शांत, दयालु व्यक्ति जिसे मैं देख सकता था। मैं हमेशा उसके जैसा बनना चाहता था। अब मुझे ही देखो।"

"इसलिए?"

"मैं क्या पूछ रहा हूँ को देखो। मैं उनके जीवन के लिए पूछ रहा हूँ, जैसे कि वह एक पिंजरे के चारों ओर रखे हुए किसी तरह के प्रयोगशाला के जानवर थे, एक आदमी नहीं, एक शिक्षक। "

"क्या आपको लगता है कि वह ऐसा करेंगे?"

"मुझे नहीं पता।" क्रेमर खिड़की के पास गया। वह बाहर खड़ा था। "एक तरह से, मुझे उम्मीद नहीं है।"

"लेकिन अगर वह नहीं है"

“फिर हमें किसी और को ढूंढना होगा। मुझे पता है। कोई और होगा। डोलोरेस को क्यों करना पड़ा - ”

बज उठा। ने बटन दबाया।

"यह सकल है।" भारी सुविधाओं का गठन। “बूढ़े आदमी ने मुझे बुलाया। प्रोफेसर थॉमस

"उसने क्या कहा?" वह जानता था; वह पहले से ही बता सकता था, सकल की आवाज से।

उन्होंने कहा कि वह ऐसा करेंगे। मैं खुद थोड़ा हैरान था, लेकिन जाहिर है कि वह इसका मतलब है। हमने अस्पताल में उनके प्रवेश की व्यवस्था पहले ही कर दी है। उनका वकील दायित्व के बयान को आकर्षित कर रहा है। ”

क्रेमर केवल आधा सुना। उसने थकावट से सिर हिलाया। "ठीक है। मुझे खुशी है। मुझे लगता है कि हम आगे बढ़ सकते हैं।

"आप बहुत खुश नहीं लगते।"

"मुझे आश्चर्य है कि उसने इसके साथ आगे बढ़ने का फैसला क्यों किया।"

"वह इसके बारे में बहुत निश्चित था।" सकल ने प्रसन्नता व्यक्त की। उन्होंने कहा, 'उन्होंने मुझे काफी पहले बुलाया। मैं अभी भी बिस्तर पर था। तुम्हें पता है, यह एक उत्सव के लिए कहता है। ”

"यकीन है," क्रेमर ने कहा। "यह जरुर करता है।"

पूरा होने के करीब परियोजना के मध्य की ओर। वे जहाज की चिकना धातु की तरफ देखते हुए, गर्म शरद ऋतु की गर्मी में बाहर खड़े थे।

सकल ने अपने हाथ से धातु फेंकी। “ठीक है, यह लंबा नहीं होगा। हम किसी भी समय परीक्षण शुरू कर सकते हैं। ”

गोल्ड ब्रैड के एक अधिकारी ने कहा, "इसके बारे में हमें और बताएं।" "यह एक ऐसी असामान्य अवधारणा है।"

"क्या वास्तव में जहाज के अंदर एक मानव मस्तिष्क है?" एक गणमान्य व्यक्ति ने कहा, एक छोटे आदमी ने एक रस्मी सूट में। "और मस्तिष्क वास्तव में जीवित है?"

“सज्जनों, यह जहाज सामान्य जॉन्सन रिले-कंट्रोल सिस्टम के बजाय जीवित मस्तिष्क द्वारा निर्देशित है। लेकिन मस्तिष्क होश में नहीं है। यह केवल पलटा द्वारा कार्य करेगा। इसके और जॉनसन प्रणाली के बीच व्यावहारिक अंतर यह है: एक मानव मस्तिष्क किसी भी मानव निर्मित संरचना की तुलना में कहीं अधिक जटिल है, और किसी स्थिति के लिए खुद को अनुकूलित करने की क्षमता, खतरे का जवाब देने के लिए, कृत्रिम रूप से निर्मित की जा सकने वाली किसी भी चीज़ से बहुत परे है। ।”

घोर ठहराव, उसके कान को सहलाता हुआ। जहाज के टरबाइनों में गड़गड़ाहट शुरू हो रही थी, जिससे जमीन के नीचे एक गहरा कंपन हो रहा था। क्रेमर दूसरों से थोड़ी दूरी पर खड़ा था, उसकी बाहें मुड़ी हुई थीं, चुपचाप देख रही थीं। टर्बाइनों की आवाज़ पर वह जहाज से दूसरी ओर तेज़ी से चला। कुछ काम करने वाले कचरे के अंतिम भाग, तारों के स्क्रैप और मचान को साफ कर रहे थे। उन्होंने उस पर नज़र डाली और अपने काम से जल्दी चले गए। ने रैंप पर चढ़कर जहाज के नियंत्रण कक्ष में प्रवेश किया। अंतरिक्ष-परिवहन से पायलट के साथ सर्दी नियंत्रण में थी।

"यह कैसा लग रहा है?" क्रेमर ने पूछा।

"ठीक है।" सर्दी बढ़ गई। “वह मुझसे कहता है कि मैन्युअल रूप से उतारना सबसे अच्छा होगा। रोबोट नियंत्रित करता है- “सर्दी झिझकती है। "मेरा मतलब है, अंतर्निहित नियंत्रण, बाद में अंतरिक्ष में ले जा सकते हैं।"

पायलट ने कहा, "यह सही है।" "यह जॉनसन सिस्टम के साथ प्रथागत है, और इसलिए इस मामले में हमें चाहिए-"

"क्या आप अभी तक कुछ भी बता सकते हैं?" क्रेमर ने पूछा।

"नहीं," पायलट ने धीरे से कहा। “मुझे ऐसा नहीं लगता। मैं सब कुछ खत्म हो गया है यह अच्छे क्रम में लग रहा है। केवल एक चीज है जिसके बारे में मैं आपसे पूछना चाहता हूं। " उसने नियंत्रण बोर्ड पर अपना हाथ रखा। "यहाँ कुछ बदलाव हैं जो मुझे समझ नहीं आ रहे हैं।"

"परिवर्तन?"

“मूल डिजाइन से परिवर्तन। मुझे आश्चर्य है कि उद्देश्य क्या है। ”

ने अपने कोट से योजनाओं का एक सेट लिया। "मुझे देखने दो।" उसने पन्ने पलट दिए। पायलट ने उसके कंधे पर ध्यान से देखा।

पायलट ने कहा, "आपकी कॉपी में बदलाव का संकेत नहीं दिया गया है।" "मुझे आश्चर्य है-" वह रुक गया। कमांडर सकल ने कंट्रोल केबिन में प्रवेश किया था।

"सकल, कौन अधिकृत परिवर्तन?" क्रेमर ने कहा। "कुछ तारों को बदल दिया गया है।"

"क्यों, आपका पुराना दोस्त।" सकल खिड़की के माध्यम से क्षेत्र टॉवर को संकेत दिया।

"मेरा पुराना मित्र?"

"प्रोफ़ेसर। उन्होंने काफी सक्रिय रुचि ली। ” सकल पायलट के लिए बदल गया। "चलो जाते रहे। हमें उनके द्वारा बताए गए परीक्षण के लिए पिछले गुरुत्वाकर्षण को बाहर निकालना होगा। अच्छा, शायद यह सबसे अच्छा है। आप तैयार हैं?"

"ज़रूर।" पायलट नीचे बैठ गया और आसपास के कुछ नियंत्रणों को स्थानांतरित कर दिया। "किसी भी समय।"

"आगे बढ़ो, फिर," सकल ने कहा।

"प्रोफेसर-" क्रामर शुरू हुआ, लेकिन उस समय एक जबरदस्त गर्जना हुई और जहाज उसके नीचे से छलांग लगा दिया। उसने दीवार में से एक पकड़ को पकड़ लिया और वह जितना हो सके उतना लटका दिया। केबिन एक स्थिर धड़कन के साथ भर रहा था, उनके नीचे जेट टर्बाइनों की उग्रता थी।

जहाज ने छलांग लगा दी। क्रेमर ने अपनी आँखें बंद कर लीं और साँस रोक ली। वे हर पल गति प्राप्त करते हुए अंतरिक्ष में जा रहे थे।

"अच्छा आप क्या सोचते हैं?" सर्दी ने घबराकर कहा। "क्या अभी समय है?"

"थोड़ी देर," क्रेमर ने कहा। वह नियंत्रण कक्ष के नीचे केबिन के फर्श पर बैठा था। उन्होंने रिले तारों के जटिल भूलभुलैया को उजागर करते हुए, धातु को कवर करने वाली प्लेट को हटा दिया था। वह इसे पढ़ रहा था, इसकी तुलना वायरिंग आरेखों से की।

"क्या बात है?" सकल ने कहा।

"यह बदलाव। मैं यह पता नहीं लगा सकता कि वे क्या कर रहे हैं। एकमात्र पैटर्न जो मैं बना सकता हूं, वह किसी कारण से है- "

"मुझे देखने दो," पायलट ने कहा। वह क्रेमर के पास बैठ गया। "तुम कह रहे थे?"

“इस लीड को यहाँ देखें? मूल रूप से यह स्विच नियंत्रित था। तापमान परिवर्तन के अनुसार यह अपने आप बंद और खुल गया। अब इसे तार कर दिया गया है ताकि केंद्रीय नियंत्रण प्रणाली इसे संचालित करे। दूसरों के साथ भी ऐसा ही है। यह बहुत कुछ अभी भी यांत्रिक था, दबाव, तापमान, तनाव से काम किया। अब यह केंद्रीय मास्टर के अधीन है। ”

"दिमाग?" सकल ने कहा। "आपका मतलब है कि इसे बदल दिया गया है ताकि मस्तिष्क इसे हेरफेर करे?"

क्रेमर सिर हिलाया। “शायद प्रोफेसर थॉमस को लगा कि किसी यांत्रिक रिले पर भरोसा नहीं किया जा सकता है। शायद उसने सोचा कि चीजें बहुत तेजी से हो रही हैं। लेकिन इनमें से कुछ एक दूसरे विभाजन में बंद हो सकते हैं। ब्रेक रॉकेट जितनी जल्दी हो सके - "

"हे," सर्दियों ने नियंत्रण सीट से कहा। “हम चाँद स्टेशनों के पास हो रहे हैं। मैं क्या करूँगा? ”

उन्होंने बंदरगाह को देखा। चंद्रमा की खुरदरी सतह ने उन्हें एक भ्रष्ट और बीमार दृष्टि की ओर खींच लिया। वे तेजी से उसकी ओर बढ़ रहे थे।

"मैं इसे ले जाऊंगा," पायलट ने कहा। उन्होंने रास्ते से सर्दी को कम किया और खुद को जगह में जकड़ा। जहाज ने चंद्रमा से दूर जाना शुरू कर दिया क्योंकि उसने नियंत्रण में हेरफेर किया। उनके नीचे वे अवलोकन स्टेशनों को सतह को देखते हुए देख सकते हैं, और छोटे वर्ग जो भूमिगत कारखानों और हैंगर के उद्घाटन थे। एक लाल ब्लिंकर उन पर झपकी और पायलट की उंगलियां जवाब में बोर्ड पर चली गईं।

पायलट ने कहा, " हम चांद के पार हो चुके हैं। चाँद उनके पीछे पड़ गया था; जहाज बाहरी अंतरिक्ष में जा रहा था। "ठीक है, हम इसके साथ आगे बढ़ सकते हैं।"

क्रेमर ने जवाब नहीं दिया।

"श्री। क्रेमर, हम किसी भी समय आगे जा सकते हैं। ”

क्रेमर शुरू हुआ। "माफ़ करना। में सोच रहा था। सब ठीक है, धन्यवाद। " वह सोच में डूबा हुआ था।

"यह क्या है?" सकल ने पूछा।

“तारों में परिवर्तन होता है। क्या आपने उन लोगों के कारण को समझा जब आपने काम करने वालों को जुर्माना दिया था? "

घोर निस्तब्धता। “आप जानते हैं कि मुझे तकनीकी सामग्री के बारे में कुछ नहीं पता है। मैं सुरक्षा में हूँ। "

"तो आपको मुझसे सलाह लेनी चाहिए थी।"

"क्या फर्क पड़ता है?" सकल मुसकुरहुँ करि पाई। "हम जल्द ही या बाद में बूढ़े आदमी में अपना विश्वास रखना शुरू करने जा रहे हैं।"

पायलट ने बोर्ड से वापस कदम रखा। उसका चेहरा पीला और सेट था। "ठीक है, यह हो गया है," उन्होंने कहा। "बस।"

"क्या किया है?" क्रेमर ने कहा।

“हम स्वचालित हैं। दिमाग। मैंने बोर्ड को उस पर कर दिया - उसके लिए, मेरा मतलब है। बूढ़ा आदमी।" पायलट ने एक सिगरेट जलाई और घबरा कर रो पड़ा। "भगवान भरोसे छोड़ देना।"

जहाज अपने अदृश्य पायलट के हाथों में समान रूप से तट कर रहा था। जहाज के अंदर नीचे, ध्यान से बख्तरबंद और संरक्षित, एक नरम मानव मस्तिष्क तरल के एक टैंक में लेटा हुआ है, जिसकी सतह पर एक हजार मिनट का इलेक्ट्रिक चार्ज है। जैसे-जैसे आरोप बढ़ते गए, उन्हें उठाया गया और प्रवर्धित किया गया, रिले सिस्टम में खिलाया गया, उन्नत किया गया, पूरे जहाज पर ले जाया गया-

सकल ने उसके माथे को जोर से पोंछा। “इसलिए वह इसे चला रहा है, अब। मुझे आशा है कि वह जानता है कि वह क्या कर रहा है। "

क्रेमर ने व्यावहारिक रूप से सिर हिलाया। "मुझे लगता है कि वह करता है।"

"आपका मतलब क्या है?"

"कुछ भी तो नहीं।" बंदरगाह पर चला गया। "मुझे लगता है कि हम अभी भी एक सीधी रेखा में आगे बढ़ रहे हैं।" उसने माइक्रोफोन उठाया। "हम इसके माध्यम से मस्तिष्क को मौखिक रूप से निर्देश दे सकते हैं।" उन्होंने माइक्रोफोन के खिलाफ प्रायोगिक रूप से विस्फोट किया।

"जाओ," सर्दियों ने कहा।

"जहाज को लगभग आधे-दाएं घुमाएं," क्रेमर ने कहा। "गति में कमी।"

उन्होंने इंतजार किया था। समय बीत गया। सकल ने क्रेमर को देखा। "कोई परिवर्तन नहीं होता है। कुछ भी तो नहीं।"

"रुको।"

धीरे-धीरे जहाज मुड़ने लगा था। टरबाइन छूट गए, जिससे उनकी स्थिर धड़कन कम हो गई। जहाज अपना नया पाठ्यक्रम अपना रहा था, खुद को समायोजित कर रहा था। आस-पास के कुछ अंतरिक्ष मलबे अतीत में फैल गए, टरबाइन जेट के विस्फोटों में भटकते हुए।

"अब तक बहुत अच्छा," सकल ने कहा।

वे अधिक आसानी से सांस लेने लगे। अदृश्य पायलट ने आराम से, शांति से नियंत्रण कर लिया था। जहाज अच्छे हाथों में था। ने माइक्रोफोन में कुछ और शब्द बोले, और वे फिर से झूल गए। अब वे उस रास्ते पर वापस आ रहे थे जिस रास्ते से वे चाँद की ओर आए थे।

क्रेमर ने कहा, "देखते हैं कि जब हम चंद्रमा की ओर प्रवेश करते हैं तो वह क्या करता है।" “वह एक अच्छा गणितज्ञ, बूढ़ा व्यक्ति था। वह किसी भी तरह की समस्या को संभाल सकता था। ”

जहाज चला गया, चंद्रमा से दूर। महान खाया-दूर की दुनिया उनके पीछे पड़ गई।

सकल ने राहत की सांस ली। "वह यह है कि।"

"एक और चीज़।" ने माइक्रोफोन उठाया। "चांद पर लौटें और जहाज को पहले अंतरिक्ष क्षेत्र में लैंड करें," उन्होंने कहा।

"अच्छा स्वामी," सर्दियों में बड़बड़ाया। "तुम क्यों हो-"

"शांत रहें।" क्रेमर खड़ा था, सुन रहा था। टर्बाइन हांफते और उछलते जाते हैं क्योंकि जहाज तेजी से चारों ओर घूमता है, गति प्राप्त करता है। वे

फिर से, वापस चंद्रमा की ओर बढ़ रहे थे। जहाज नीचे गिर गया, नीचे महान दुनिया की ओर बढ़ रहा है।

पायलट ने कहा, "हम थोड़ी तेजी से आगे बढ़ रहे हैं।" "मैं नहीं देखता कि वह इस वेग से कैसे नीचे जा सकता है।"

बंदरगाह तेजी से भर गया, जैसे कि दुनिया तेजी से घूम रही थी। पायलट बोर्ड की ओर भागता है, नियंत्रण के लिए पहुंच रहा है। एक बार में सभी ने जहाज को झटका दिया। नाक उठा और जहाज अंतरिक्ष में चला गया, चंद्रमा से दूर, एक तिरछा कोण पर मुड़ गया। पाठ्यक्रम में अचानक बदलाव से लोगों को फर्श पर फेंक दिया गया। वे फिर से एक-दूसरे को घूरते हुए अपने पैरों के पास आ गए।

पायलट ने बोर्ड को देखा। "यह मैं नहीं था! मैंने एक चीज़ को छुआ तक नहीं। मैं भी नहीं मिला।

जहाज हर पल गति प्राप्त कर रहा था। क्रेमर हिचकिचाया। "शायद आप इसे मैन्युअल रूप से वापस स्विच करना बेहतर समझते हैं।"

पायलट ने स्विच बंद कर दिया। उन्होंने स्टीयरिंग नियंत्रणों को पकड़ लिया और उन्हें प्रयोगात्मक रूप से स्थानांतरित कर दिया। "कुछ भी तो नहीं।" वह चारों ओर घुमा। "कुछ भी तो नहीं। इसका कोई जवाब नहीं। ”

कोई नहीं बोला।

"आप देख सकते हैं कि क्या हुआ है," क्रेमर ने शांति से कहा। "बूढ़ा आदमी इसे जाने नहीं देगा, अब जब कि उसके पास है। जब मैंने तारों में बदलाव देखा तो मैं इससे डर गया। इस जहाज में सब कुछ केंद्रीय रूप से नियंत्रित किया जाता है, यहां तक कि शीतलन प्रणाली, हैच, कचरा जारी। हम असहाय हैं। ”

"बकवास।" बोर्ड को सकल स्ट्रोक। उसने पहिया पकड़ लिया और उसे मोड़ दिया। जहाज अपने पाठ्यक्रम पर जारी रहा, चंद्रमा से दूर जा रहा है, इसे पीछे छोड़ रहा है।

"रिलीज!" माइक्रोफोन में कहा। "चलो नियंत्रण के चलते हैं! हम इसे वापस लेंगे। रिलीज

"अच्छा नहीं," पायलट ने कहा। "कुछ भी तो नहीं।" उसने बेकार पहिया को काट दिया। "यह मर चुका है, पूरी तरह से मर चुका है।"

"और हम अभी भी बाहर जा रहे हैं," सर्दियों ने कहा, मूर्खतापूर्ण। “हम कुछ ही मिनटों में पहली पंक्ति के रक्षा बेल्ट से गुजरेंगे। अगर वे हमें गोली नहीं मारते- "

"हम बेहतर रेडियो वापस।" पायलट ने भेजने के लिए रेडियो पर क्लिक किया। "मैं मुख्य ठिकानों से संपर्क करूंगा, जो अवलोकन स्टेशनों में से एक है।"

“हम बेहतर रक्षा बेल्ट प्राप्त करते हैं, जिस गति से हम जा रहे हैं। हम एक मिनट में इसमें शामिल हो जाएंगे। ”

"और उसके बाद," क्रेमर ने कहा, "हम बाहरी स्थान पर होंगे। वह हमें बाहरी क्षेत्र की ओर ले जा रहा है। क्या यह जहाज स्नान से सुसज्जित है? ”

"स्नान?" सकल ने कहा।

“नींद टैंक। स्पेस-ड्राइव के लिए। अगर हम ज्यादा तेजी से आगे बढ़ते हैं तो हमें उनकी जरूरत पड़ सकती है।

"लेकिन अच्छा भगवान, हम कहाँ जा रहे हैं?" सकल ने कहा। "कहाँ-कहाँ वह हमें ले जा रहा है?"

पायलट ने संपर्क प्राप्त किया। "यह जहाज पर है," उन्होंने कहा। “हम उच्च वेग पर रक्षा क्षेत्र में प्रवेश कर रहे हैं। हम पर गोली मत चलाना। ”

"पीछे मुड़ें," अवैयक्तिक स्वर स्पीकर के माध्यम से आया। "आपको रक्षा क्षेत्र में अनुमति नहीं है।"

"हम नहीं कर सकते। हमने नियंत्रण खो दिया है। ”

"नियंत्रण खो दिया?"

"यह एक प्रयोगात्मक जहाज है।"

सकल ने रेडियो ले लिया। “यह कमांडर सकल, सुरक्षा है। हमें बाहरी स्थान पर ले जाया जा रहा है। हम कुछ नहीं कर सकते। क्या कोई ऐसा रास्ता है जिससे हमें इस जहाज से हटाया जा सकता है? ”

एक झिझक। “हमारे पास कुछ तेजी से पीछा करने वाले जहाज हैं जो अगर आप कूदना चाहते हैं तो आपको उठा सकते हैं। संभावना अच्छी है कि वे आपको पाएंगे। क्या आपके पास जगह है?

"हम करते हैं," पायलट ने कहा। "चलो यह कोशिश करते हैं।"

"जहाज का परित्याग?" क्रेमर ने कहा। "अगर हम छोड़ देते हैं तो हम इसे फिर कभी नहीं देखेंगे।"

"इसके अलावा हम क्या कर सकते हैं? हम हर समय गति प्राप्त कर रहे हैं। क्या आप प्रस्ताव करते हैं कि हम यहाँ रहें? ”

"नहीं।" क्रेमर ने अपना सिर हिला दिया। "यह लानत है, वहाँ एक बेहतर समाधान होना चाहिए।"

"क्या आप उससे संपर्क कर सकते हैं?" सर्दी ने पूछा। "बूढ़ा आदमी? उसके साथ तर्क करने की कोशिश करो? ”

"यह एक मौका के लायक है," सकल ने कहा। "कोशिश करो।"

"ठीक है।" ने माइक्रोफ़ोन लिया। उसने एक पल को विराम दिया। "बात सुनो! क्या आप मुझे सुन सकते हैं? यह फिल क्रेमर है। क्या आप मुझे सुन सकते हैं, प्रोफेसर। क्या आप मुझे सुन सकते हैं? मैं चाहता हूं कि आप नियंत्रण जारी करें। "

सन्नाटा छा गया।

“यह क्रेमर है, प्रोफेसर। क्या आप मुझे सुन सकते हैं? क्या आपको याद है कि मैं कौन हूँ? क्या आप समझते हैं कि यह कौन है? "

नियंत्रण कक्ष के ऊपर दीवार के स्पीकर ने एक ध्वनि, एक स्पैटरिंग स्टेटिक बनाया। उन्होंने देखा।

"क्या आप मुझे सुन सकते हैं, प्रोफेसर। यह फिलिप क्रेमर है। मैं चाहता हूं कि आप जहाज हमें वापस दे दें। यदि आप मुझे सुन सकते हैं, तो नियंत्रण जारी करें! जाने दो, प्रोफेसर। जाने दो!"

स्थिर। एक तेज़ आवाज़, हवा की तरह। वे एक-दूसरे को देखते रहे। एक पल के लिए खामोशी छा गई।

"यह समय की बर्बादी है," सकल ने कहा।

"नहीं-सुनो!"

फिर से उछाल आया। फिर, स्पटर के साथ मिश्रित, इसमें लगभग खो गया, एक आवाज आई, आज रात, बिना विभक्ति के, उनके सिर के ऊपर, दीवार में धातु के स्पीकर से एक यांत्रिक, बेजान आवाज।

“... क्या यह तुम हो, फिलिप? मैं तुम्हें बाहर नहीं कर सकता अंधेरा...। वहाँ कौन है? तुम्हारे साथ...।"

"यह मेरे लिए है, क्रेमर।" उसकी उंगलियां माइक्रोफोन के हैंडल के खिलाफ कड़ी हो गईं। “आपको नियंत्रण जारी करना चाहिए, प्रोफेसर। हमें टेरा में वापस जाना होगा। तुम्हे अवश्य करना चाहिए।"

शांति। फिर बेहोश, लड़खड़ाती आवाज फिर से आई, पहले से थोड़ी मजबूत। “क्रेमर। सब कुछ इतना अजीब। मैं सही था, हालांकि। सोच का परिणाम चेतना। आवश्यक परिणाम। । वैचारिक क्षमता बनाए रखें। क्या आप मुझे सुन सकते हैं?"

"हाँ, प्रोफेसर-"

“मैंने तारों को बदल दिया। नियंत्रण। मैं काफी निश्चित था ... मुझे आश्चर्य है कि अगर मैं यह कर सकता हूँ। प्रयत्न...।"

अचानक एयर कंडीशनिंग ऑपरेशन में फंस गया। यह अचानक बंद हो गया। गलियारे के नीचे एक दरवाजा पटक दिया। कुछ ठग लिया। पुरुष सुनकर खड़े हो गए। उनमें से सभी तरफ से आवाजें आ रही थीं, स्विच बंद हो रहे थे, खुल रहे थे। रोशनी झुलस गई; वे अंधेरे में थे। रोशनी वापस आ गई, और उसी समय हीटिंग कॉइल मंद और फीका हो गया।

"अच्छे भगवान!" सर्दी ने कहा।

उन पर पानी डाला गया, आपातकालीन अग्निशमन प्रणाली। हवा का एक झोंका आया। बच निकलने वाली एक टुकड़ी पीछे की ओर खिसक गई थी, और हवा अंतरिक्ष में खुलकर घूम रही थी।

हैच बंद हो गया। जहाज खामोशी में डूब गया। हीटिंग कॉइल जीवन में चमक गए। जैसे ही यह अजीब प्रदर्शनी शुरू हो गई थी।

"मैं कर सकता हूं - सब कुछ," सूखी, टोनर आवाज दीवार स्पीकर से आई थी। “यह सब नियंत्रित है। , मैं आपसे बात करना चाहता हूं। मैं सोच रहा था मैंने आपको कई सालों में नहीं देखा है। बहुत चर्चा की। तुम बदल गए हो, लड़का। हमें बहुत चर्चा करनी है। तुम्हारी पत्नी-"

पायलट ने क्रेमर की बांह पकड़ ली। "हमारे धनुष से दूर एक जहाज खड़ा है। देखो। ”

वे बंदरगाह की ओर भागे। उनके साथ तालमेल रखते हुए एक पतला पीला शिल्प उनके साथ आगे बढ़ रहा था। यह सिग्नल-ब्लिंकिंग था।

"एक टेरानो पीछा जहाज," पायलट ने कहा। "चलो कूदें। वे हमें उठा लेंगे। सूट- ”

वह एक आपूर्ति अलमारी के लिए भाग गया और संभाल दिया। दरवाजा खुल गया और उसने फर्श पर से सूट निकाला।

"जल्दी करो," सकल ने कहा। भगदड़ मच गई। उन्होंने भारी कपड़े पहने, उनके ऊपर भारी वस्त्र खींचे। सर्दी ने बचने के लिए लड़खड़ाया और इसके साथ खड़े होकर, दूसरों की प्रतीक्षा करने लगा। वे एक-एक करके उसके साथ जुड़ते गए।

"चलो चलते हैं!" सकल ने कहा। "हैच खोलो।"

सर्दियों में हैच पर टग गया। "मेरी मदद करो।"

वे पकड़, एक साथ । कुछ नहीं हुआ। हैच ने हिलने से इनकार कर दिया।

पायलट ने कहा, "क्राउबर मिलता है।"

"किसी को भी विस्फ़ोटक नहीं मिला?" स्थूल रूप से चारों ओर देखा। "यह लानत है, यह खुला विस्फोट!"

"खींचो," क्रेमर । "साथ मिलकर काम करना।"

"क्या आप हैच में हैं?" टन की आवाज़ आई, बहती हुई और जहाज के गलियारों से गुजरती हुई। उन्होंने देखा, उन्हें घूर रहे थे। "मुझे कुछ पास में, बाहर का एहसास है। एक जहाज़? तुम जा रहे हो, तुम सब? क्रेमर, तुम भी जा रहे हो? बहुत ही दुर्भाग्यपूर्ण। मुझे उम्मीद थी कि हम बात कर सकते हैं। शायद किसी और समय पर आपको बने रहने के लिए प्रेरित किया जा सकता है। ”

"हैच खोलो!" ने कहा, जहाज की अवैयक्तिक दीवारों को घूरते हुए। "भगवान की खातिर, इसे खोलो!"

मौन था, एक अंतहीन ठहराव। फिर, बहुत धीरे-धीरे, हैच वापस आ गया। हवा चीखती हुई बाहर निकली और उन्हें अंतरिक्ष में ले गई।

एक के बाद एक उन्होंने छलांग लगाई, एक के बाद एक मुकदमों की प्रतिकारक सामग्री से दूर चले गए। कुछ मिनट बाद उन्हें पीछा करने वाले जहाज पर सवार किया जा रहा था। चूंकि उनमें से अंतिम बंदरगाह के माध्यम से उठाया गया था, उनके स्वयं के जहाज ने खुद को अचानक ऊपर की ओर इशारा किया और जबरदस्त गति से गोली मार दी। यह गायब हो गया।

क्रेमर ने अपने हेलमेट को हटा दिया, हांफते हुए। दो नाविक उस पर सवार थे और उसे कंबल में लपेटने लगे। सकल ने कंपकंपी लगाते हुए कॉफी का छौंक लगाया।

"यह चला गया है," क्रेमर बड़बड़ाया।

"मैंने कहा कि एक अलार्म भेजा जाएगा," सकल ने कहा।

"आपके जहाज का क्या हुआ?" एक नाविक ने उत्सुकता से पूछा। "यह यकीन है कि जल्दी में दूर ले गया। इस पर कौन है? "

"हम इसे नष्ट करना होगा," सकल चला गया, उसका चेहरा गंभीर। “यह नष्ट हो गया है। कोई यह नहीं बता रहा है कि उसके मन में क्या है। " सकल धातु की बेंच पर कमजोर रूप से बैठ गया। “हमारे लिए एक करीबी कॉल क्या है। हम इतने भरोसेमंद थे। ”

"वह क्या योजना बना सकता है," क्रेमर ने कहा, खुद को आधा। “इसका कोई मतलब नहीं है। मुझे नहीं मिला।

चूंकि जहाज चंद्रमा बेस की ओर वापस चला गया था, वे भोजन कक्ष में मेज के चारों ओर बैठे थे, गर्म कॉफी पीते हुए और सोच रहे थे, बहुत ज्यादा नहीं कह रहे थे।

"यहाँ देखो," अंत में सकल ने कहा। “प्रोफेसर थोमस किस तरह का आदमी था? आपको उसके बारे में क्या याद है? "

ने अपना कॉफ़ी मग नीचे रखा। “यह दस साल पहले था। मुझे ज्यादा याद नहीं है। यह अस्पष्ट है। ”

उन्होंने वर्षों तक अपने दिमाग को वापस चलने दिया। वह और डोलोरस एक साथ हंट कॉलेज में थे, भौतिकी और जीवन विज्ञान में। कॉलेज छोटा था और आधुनिक जीवन की गति से दूर स्थापित किया गया था। वह वहाँ गया था क्योंकि यह उसका गृह नगर था, और उसके पिता उससे पहले वहाँ गए थे।

प्रोफेसर थॉमस लंबे समय से कॉलेज में थे, जब तक कोई भी याद कर सकता था। वह एक अजीब बूढ़ा आदमी था, खुद को ज्यादातर समय रखता था। ऐसी कई चीजें थीं, जिनके बारे में वह निराश थे, लेकिन उन्होंने शायद ही कभी कहा हो कि वे क्या थे।

"क्या आपको कुछ याद है जो हमारी मदद कर सकता है?" सकल ने पूछा। "कुछ भी जो हमें एक सुराग दे सकता है जैसा कि वह मन में हो सकता है?"

ने धीरे से सिर हिलाया। "मुझे एक बात याद है ..."

एक दिन वह और प्रोफेसर स्कूल चैपल में एक साथ बैठे थे, इत्मीनान से बात कर रहे थे।

"ठीक है, आप जल्द ही स्कूल से बाहर होंगे," प्रोफेसर ने कहा था। "तुम क्या करने वाले हो?"

"कर? सरकारी अनुसंधान परियोजनाओं में से एक पर काम करता हूं, मुझे लगता है "

"और आखिरकार? आपका अंतिम लक्ष्य क्या है? ”

क्रेमर मुस्कुराया था। “सवाल अवैज्ञानिक है। यह अंतिम छोर के रूप में ऐसी चीजों को निर्धारित करता है। ”

"इन पंक्तियों के बजाय मान लीजिए, तब: अगर कोई युद्ध और कोई सरकारी अनुसंधान परियोजनाएं नहीं थीं, तो क्या होगा? फिर तुम क्या करोगे?"

"मुझे नहीं पता। लेकिन मैं इस तरह एक काल्पनिक स्थिति की कल्पना कैसे कर सकता हूं? जब तक मुझे याद है युद्ध हो सकता है। हम युद्ध के लिए तैयार हैं। मुझे नहीं पता कि मैं क्या करूँगा। मुझे लगता है कि मैं समायोजित करूँगा, इसकी आदत डालिए। "

प्रोफेसर ने उसे घूर कर देखा था। "ओह, आपको लगता है कि आप इसके आदी हो जाएंगे, एह? खैर, मैं इस बारे में खुश हूँ। और आपको लगता है कि आप कुछ करने के लिए मिल सकता है?

सकल ने गौर से सुना। "आप इस से क्या सोचते हैं, क्रेमर?"

"बहुत ज्यादा नहीं। सिवाय इसके कि वह युद्ध के खिलाफ था। ”

"हम सभी युद्ध के खिलाफ हैं," सकल ने कहा।

"सच। लेकिन वह वापस ले लिया गया, अलग हो गया। वह बहुत सरलता से रहता था, अपना भोजन खुद बनाता था। उनकी पत्नी का कई साल पहले निधन हो गया था। वह यूरोप में पैदा हुआ था, इटली में। उन्होंने एकजुट राज्यों में आने पर अपना नाम बदल लिया। वह डांटे और मिल्टन पढ़ते थे। उसके पास एक बाइबिल भी थी। ”

"बहुत दर्द है, क्या आपको नहीं लगता?"

“हाँ, वह अतीत में काफी रहता था। उन्हें एक पुराना फोनोग्राफ और रिकॉर्ड मिला, और उन्होंने पुराने संगीत को सुना। आपने उसका घर देखा, यह कितना पुराना था। "

"क्या उसके पास कोई फ़ाइल है?" सर्दी ने पूछा सकल।

“सुरक्षा के साथ? नहीं, कोई नहीं। जहां तक हम बता सकते हैं कि वह कभी भी राजनीतिक कार्यों में नहीं लगे, कभी भी कुछ भी शामिल नहीं हुए या ऐसा प्रतीत होता है कि उन्हें मजबूत राजनीतिक विश्वास नहीं है।

"नहीं," क्रेमर, सहमत हुए। “उन सभी के बारे में जो उसने कभी पहाड़ियों के माध्यम से किया था। उन्हें प्रकृति पसंद थी। ”

"प्रकृति एक वैज्ञानिक के लिए बहुत काम की हो सकती है," सकल ने कहा। "इसके बिना कोई विज्ञान नहीं होगा।"

"क्रेमर, आपको क्या लगता है कि उसकी योजना क्या है, जहाज पर नियंत्रण रखना और गायब हो जाना?" सर्दी ने कहा।

पायलट ने कहा, "हो सकता है कि स्थानांतरण ने उसे पागल बना दिया।" "शायद कोई योजना नहीं है, कुछ भी तर्कसंगत नहीं है।"

"लेकिन उनके पास जहाज फिर से चला गया था, और उन्होंने यह सुनिश्चित कर लिया था कि वह ऑपरेशन से पहले ही सहमत हो जाएंगे। उसने शुरू से ही कुछ योजना बनाई होगी। पर क्या?"

"शायद वह सिर्फ जीवित रहना चाहता था," क्रेमर ने कहा। “वह बूढ़ा था और मरने वाला था। या- "

"और क्या?"

"कुछ भी तो नहीं।" क्रेमर खड़ा हो गया। “मुझे लगता है कि जैसे ही हम चाँद के आधार पर पहुँचेंगे, मैं पृथ्वी पर एक विडाल बनाऊँगा। मैं इस बारे में किसी से बात करना चाहता हूं। ”

"वो कौन है?" सकल ने पूछा।

“डोलोरेस। शायद उसे कुछ याद है। ”

"यह एक अच्छा विचार है," सकल ने कहा।

"तुम कहाँ से बुला रहे हो?" डोलोरेस ने पूछा, जब वह उसके पास पहुंचने में सफल हुई।

"चंद्रमा आधार से।"

"सभी प्रकार की अफवाहें चारों ओर चल रही हैं। जहाज वापस क्यों नहीं आया? क्या हुआ?"

"मुझे डर है कि वह इसके साथ भाग गया।"

"वह?"

"बूढ़ा आदमी। प्रोफेसर थॉमस ने बताया कि क्या हुआ था।

डॉल्स ने गौर से सुना। "कितना अजीब है। और आपको लगता है कि उसने शुरुआत से ही यह सब योजना बना लिया था? "

"मुझे यकीन है। उन्होंने एक ही बार में निर्माण की योजनाओं और सैद्धांतिक आरेखों के लिए कहा। "

"लेकिन क्यों? किस लिए?"

"मुझे नहीं पता। देखो, डोलोरेस। आपको उसके बारे में क्या याद है? क्या ऐसा कुछ है जो इस सब का सुराग दे सकता है? "

"जैसे क्या?"

"मुझे नहीं पता। यही मुसीबत है। ”

पर उसकी भौंह बुना हुआ। "मुझे याद है कि उन्होंने अपने पिछले यार्ड में मुर्गियों को उठाया था, और एक बार उनके पास एक बकरी थी।" वह हंसी। "क्या आपको याद है कि जिस दिन बकरी ढीली हुई और शहर की मुख्य सड़क से भटक गई थी? कोई भी यह पता नहीं लगा सका कि यह कहां से आया है। ”

"और कुछ?"

"नहीं।" वह उसके संघर्ष को देखता था, याद करने की कोशिश करता था। "वह एक खेत, कुछ समय के लिए चाहता था, मुझे पता है।"

"ठीक है। धन्यवाद।" ने स्विच को स्पर्श किया। "जब मैं टेरा में वापस जाऊंगा तो शायद मैं रुक जाऊंगा और आपको देखूंगा।"

"मुझे बताना यह कैसा गया।"

उसने रेखा को काट दिया और चित्र मंद और फीका हो गया। वह धीरे-धीरे वापस चला गया जहाँ सकल और सेना के कुछ अधिकारी एक चार्ट टेबल पर बैठे थे, बात कर रहे थे।

"कोइ भाग्य?" सकल ने कहा, ऊपर देख।

"नहीं। उसे याद है कि उसने एक बकरी पाल रखी थी। ”

"आओ और इस विस्तार चार्ट को देखो।" सकल ने उसे अपनी ओर घुमाया। "घड़ी!"

क्रैमर ने रिकॉर्ड टैब को उग्र रूप से आगे बढ़ते देखा, छोटे सफेद डॉट्स आगे और पीछे दौड़ रहे थे।

"क्या हो रहा है?" उसने पूछा।

“रक्षा क्षेत्र के बाहर एक स्क्वाड्रन आखिरकार जहाज से संपर्क करने में कामयाब रहा। वे अब पैंतरेबाज़ी कर रहे हैं, स्थिति के लिए। घड़ी।"

सफेद काउंटर एक ब्लैक डॉट के चारों ओर एक बैरल का गठन कर रहे थे जो केंद्रीय स्थिति से दूर बोर्ड भर में लगातार बढ़ रहा था। जैसा कि उन्होंने देखा, सफेद बिंदु इसके चारों ओर संकुचित थे।

"वे आग खोलने के लिए तैयार हैं," बोर्ड के एक तकनीशियन ने कहा। "कमांडर, हम उन्हें क्या करने के लिए कहेंगे?"

घोर संकोच हुआ। “मैं निर्णय लेने वाले से घृणा करता हूँ। जब यह सही करने के लिए नीचे आता है - "

"यह सिर्फ एक जहाज नहीं है," क्रेमर ने कहा। “यह एक आदमी है, एक जीवित व्यक्ति है। एक इंसान अंतरिक्ष में घूम रहा है। काश, हमें पता होता कि

“लेकिन आदेश दिया जाना है। हम कोई चांस नहीं ले सकते। मान लीजिए कि वह उन पर, युक के पास गया। "

क्रेमर का जबड़ा गिरा। "मेरे भगवान, वह ऐसा नहीं करेगा।"

"क्या आपको यकीन है? क्या आप जानते हैं कि वह क्या करेगा? ”

"वह ऐसा नहीं करेगा।"

सकल ने तकनीशियन का रुख किया। "उन्हें आगे जाने के लिए कहें।"

"मुझे खेद है, सर, लेकिन अब जहाज दूर हो गया है। नीचे बोर्ड को देखो। ”

सकल नीचे झुका, उसके कंधे पर । काली डॉट सफेद बिंदुओं के माध्यम से फिसल गई थी और एक अचानक कोण पर चली गई थी। सफेद डॉट्स को तोड़ दिया गया, भ्रम में फैलाया।

"वह एक असामान्य रणनीतिकार है," अधिकारियों में से एक ने कहा। उसने रेखा का पता लगाया। "यह एक प्राचीन युद्धाभ्यास है, एक पुराना प्रशिया उपकरण है, लेकिन यह काम करता है।"

सफेद डॉट्स वापस मुड़ रहे थे। "बहुत अधिक युक जहाज उस दूर तक," सकल ने कहा। "ठीक है, यह वही है जो आपको मिलता है जब आप जल्दी से कार्य नहीं करते हैं।" वह क्रेमर पर ठंडा दिखाई दिया। उन्होंने कहा, “हमें यह तब करना चाहिए था जब हम उसके पास थे। उसे जाओ देखो! उसने तेजी से चलती हुई ब्लैक डॉट पर एक उंगली

घुसा दी। डॉट बोर्ड के किनारे पर आकर रुक गया। यह चार्टर्ड क्षेत्र की सीमा तक पहुँच गया था। "देख?"

-अब क्या? क्रेमर ने सोचा, देख रहा हूं। इसलिए बूढ़ा व्यक्ति क्रूजर से बच गया और भाग गया। वह सतर्क था, ठीक है; उसके दिमाग में कुछ भी गलत नहीं था। या अपने नए शरीर को नियंत्रित करने की उसकी क्षमता के साथ।

शरीर — जहाज उसके लिए एक नया शरीर था। उन्होंने धातु और प्लास्टिक, टरबाइन और रॉकेट जेट के इस हॉकिंग फ्रेम के लिए पुराने मरने वाले शरीर, मुरझाए और फ्रिल में कारोबार किया था। वह मजबूत था, अब। मजबूत और बड़ा। नया शरीर एक हजार मानव शरीर की तुलना में अधिक शक्तिशाली था। लेकिन यह कब तक चलेगा? एक क्रूजर का औसत जीवन केवल दस वर्ष था। सावधानी से निपटने के साथ, वह इसमें से बीस प्राप्त कर सकता है, इससे पहले कि कुछ आवश्यक हिस्सा विफल हो गया और इसे बदलने का कोई तरीका नहीं था।

और फिर, फिर क्या? वह क्या करेगा, जब कुछ विफल हो गया और उसके लिए इसे ठीक करने वाला कोई नहीं था? वह अंत होगा। कहीं, अंतरिक्ष के ठंडे अंधेरे में दूर, जहाज धीमा और बेजान हो जाएगा, बाहरी अंतरिक्ष की अनंत कालातीतता में अपनी आखिरी गर्मी समाप्त करने के लिए। या शायद यह कुछ बंजर क्षुद्रग्रह पर दुर्घटनाग्रस्त हो जाएगा, एक लाख टुकड़ों में फट जाएगा।

यह केवल समय का सवाल था।

"आपकी पत्नी को कुछ याद नहीं था?" सकल ने कहा।

"मैंने तुमसे कहा था। केवल यह कि उसने एक बार बकरी पाल रखी थी।
"

"बहुत मदद की एक नरक है।"

क्रेमर को झटका लगा। "यह मेरी गलती नहीं है।"

"मुझे आश्चर्य है कि अगर हम उसे फिर कभी देखेंगे।" सकल सूचक नीचे देखा, अभी भी बोर्ड के किनारे पर लटका हुआ है। "मुझे आश्चर्य है कि अगर वह कभी इस तरह वापस आ जाएगा।"

"मुझे आश्चर्य है,", क्रेमर ने कहा।

उस रात क्रेमर बिस्तर पर लेट गया, बगल से पैर की तरफ, सोने में असमर्थ। चंद्रमा का गुरुत्वाकर्षण, यहां तक कि कृत्रिम रूप से बढ़ा हुआ, उसके लिए अपरिचित था और इसने उसे असहज बना दिया। एक हजार विचार उसके सिर में ढीले पड़ गए, जैसे वह लेट गया, पूरी तरह से जाग गया।

इस सब का क्या मतलब है? प्रोफेसर की योजना क्या थी? शायद उन्हें कभी पता नहीं चलेगा। शायद जहाज अच्छे के लिए चला गया था; बूढ़े व्यक्ति ने हमेशा के लिए छोड़ दिया था, बाहरी जगह में शूटिंग। वे कभी नहीं पता कर सकते हैं कि उसने ऐसा क्यों किया था, उसका उद्देश्य क्या था - अगर कोई भी - उसके दिमाग में था।

क्रेमर बिस्तर पर बैठ गया। उसने लाइट चालू की और सिगरेट जलाई। उनके क्वार्टर छोटे थे, एक धातु-पंक्तिवाला चारपाई का कमरा, चंद्रमा स्टेशन बेस का हिस्सा।

बूढ़ा आदमी उससे बात करना चाहता था। वह चीजों पर चर्चा करना चाहता था, बातचीत करना चाहता था, लेकिन उन्माद और भ्रम की स्थिति में वे सब कुछ सोच पा रहे थे। जहाज उनके साथ भाग रहा था, उन्हें बाहरी अंतरिक्ष में ले जा रहा था। ने अपना जबड़ा सेट किया। क्या उन्हें कूदने के लिए दोषी ठहराया जा सकता है? उन्हें पता नहीं था कि उन्हें कहाँ ले जाया जा रहा है, या क्यों। वे असहाय थे, अपने स्वयं के जहाज में पकड़े गए, और उन्हें लेने के लिए इंतजार करके खड़े हुए जहाज उनका एकमात्र मौका था। एक और आधा घंटा और बहुत देर हो चुकी होगी।

लेकिन बूढ़ा क्या कहना चाहता था? उसने उसे बताने का क्या इरादा किया था, उन पहले भ्रमित क्षणों में जब उनके आसपास का जहाज

जीवित हो गया था, प्रत्येक धातु अकड़ और तार अचानक चेतन, एक जीवित प्राणी का शरीर, एक विशाल धातु जीव?

यह अजीब था, अनावश्यक। वह अब भी इसे नहीं भूल सकता। उसने छोटे कमरे के चारों ओर असहजता से देखा। यह क्या दर्शाता है, धातु और प्लास्टिक के जीवन के लिए आ रहा है? सभी ने एक बार अपने आप को एक जीवित प्राणी के अंदर पाया, उसके पेट में, जैसे व्हेल के अंदर जोनाह।

यह जीवित था, और इसने उनसे बात की थी, शांति से और तर्कसंगत रूप से बात की थी, क्योंकि यह उन्हें रवाना कर दिया, बाहरी अंतरिक्ष में तेजी से और तेजी से। दीवार स्पीकर और सर्किट मुखर डोरियों और मुंह बन गए थे, रीढ़ की हड्डी और नसों, टोपी और रिले और सर्किट की मांसपेशियों को तोड़ते थे।

वे असहाय, पूरी तरह से असहाय हो चुके थे। जहाज ने कुछ ही समय में, उनकी शक्ति को उनसे दूर कर दिया और उन्हें रक्षाहीन, व्यावहारिक रूप से उसकी दया पर छोड़ दिया। यह ठीक नहीं था; इसने उसे असहज कर दिया। अपने पूरे जीवन में उन्होंने मशीनों, तुला प्रकृति और प्रकृति की शक्तियों को मनुष्य और मनुष्य की जरूरतों को नियंत्रित किया था। मानव जाति धीरे-धीरे विकसित हुई जब तक कि वह चीजों को संचालित करने, उन्हें चलाने की स्थिति में नहीं थी जैसा कि उसने देखा। अब सभी एक बार फिर से सीढ़ी से नीचे गिर गए थे, एक शक्ति के सामने साष्टांग प्रणाम किया, जिसके वे बच्चे थे।

क्रेमर बिस्तर से बाहर निकल गया। उसने अपने स्नान वस्त्र पर हाथ डाला और सिगरेट खोजने लगा। जब वह खोज कर रहा था, तब बज उठा।

उसने ऑन किया।

"हाँ?"

तत्काल मॉनिटर का चेहरा दिखाई दिया। “टेरा, श्री से एक कॉल। क्रेमर। एक आपातकालीन कॉल। ”

"आपातकालीन कॉल? मेरे लिए? इसे लगाओ। ” क्रेमर जाग गया, उसकी आँखों से बाल वापस ब्रश कर रहा था। अलार्म उस पर चढ़ गया।

स्पीकर से एक अजीब सी आवाज आई। “दलीप क्रेमर? यह क्रेमर है? ”

"हाँ। जारी रखें।"

“यह सामान्य अस्पताल, न्यू यॉर्क शहर, टेरा है। श्री। क्रेमर, आपकी पत्नी यहाँ है। वह एक दुर्घटना में गंभीर रूप से घायल हो गई है। आपका नाम हमें कॉल करने के लिए दिया गया था। क्या यह आपके लिए संभव है-

"कितनी बुरी तरह?" ने स्टैंड को जकड़ लिया। "क्या यह गंभीर है?"

"हाँ, यह गंभीर है, श्री। क्रेमर। क्या आप यहाँ आ पा रहे हैं? जितनी जल्दी आप बेहतर आ सकते हैं। "

"हाँ।" क्रेमर सिर हिलाया। "मैं आऊंगा। धन्यवाद।"

कनेक्शन टूटते ही स्क्रीन मर गई। क्रेमर एक पल इंतजार कर रहा था। फिर उसने बटन टैप किया। स्क्रीन फिर से राहत "हाँ, सर," मॉनिटर ने कहा।

“क्या मुझे एक बार में टेरा के लिए एक जहाज मिल सकता है? यह एक आपातकालीन स्थिति है। मेरी पत्नी-"

“आठ घंटे के लिए चाँद छोड़ने वाला कोई जहाज नहीं है। आपको अगली अवधि तक इंतजार करना होगा। ”

"क्या मैं ऐसा कुछ नहीं कर सकता हूँ?"

“हम इस क्षेत्र से गुजरने वाले सभी जहाजों के लिए एक सामान्य अनुरोध प्रसारित कर सकते हैं। कभी-कभी क्रूज़र मरम्मत के लिए टेरा में लौटते हैं।

"क्या आप मेरे लिए प्रसारित करेंगे? मैं मैदान में उतरूंगा। ”

"जी श्रीमान। लेकिन थोड़ी देर के लिए क्षेत्र में कोई जहाज नहीं हो सकता है। यह एक जुआ है। ” स्क्रीन मर गया।

क्रेमर जल्दी से कपड़े पहने। उसने अपना कोट उतारा और लिफ्ट की तरफ बढ़ा। एक पल बाद वह सामान्य प्राप्त लॉबी में भाग रहा था, खाली डेस्क और सम्मेलन तालिकाओं की पंक्तियों के पीछे। दरवाजे पर संतरी एक तरफ हट गया और वह बाहर गया, महान ठोस कदमों पर।

चाँद का चेहरा छाया में था। उसके नीचे मैदान कुल अंधेरे में फैला था, एक काला शून्य, अंतहीन, बिना रूप के। उन्होंने अपना रास्ता सावधानी से कदमों के साथ और मैदान के किनारे रैंप के साथ, नियंत्रण टॉवर तक बनाया। लाल रोशनी की एक बेहोश पंक्ति ने उसे रास्ता दिखाया।

दो सिपाहियों ने टॉवर के पायदान पर उसे चुनौती दी, परछाई में खड़े होकर अपनी बंदूकें तैयार कीं।

"क्रेमर?"

"हाँ।" उसके चेहरे पर एक रोशनी सी चमक गई।

"आपकी कॉल पहले ही बाहर भेज दी गई है।"

"कोइ भाग्य?" क्रेमर ने पूछा।

“वहाँ एक क्रूज़र है जिसने हमसे संपर्क किया है। इसमें एक घायल जेट है और लाइन से दूर टेरा की ओर धीरे-धीरे वापस आ रहा है। "

"अच्छा।" क्रेमर ने सिर हिलाया, उसके माध्यम से राहत की बाढ़ आ गई। उसने एक सिगरेट जलाई और प्रत्येक सैनिक को एक दिया। सैनिकों ने जलाई।

"साहब," उनमें से एक ने पूछा, "क्या यह प्रायोगिक जहाज के बारे में सच है?"

"आपका मतलब क्या है?"

"यह जीवन के लिए आया था और भाग गया?"

"नहीं, बिल्कुल नहीं," क्रेमर ने कहा। “यह जॉनसन इकाइयों के बजाय एक नए प्रकार का नियंत्रण प्रणाली था। यह ठीक से परीक्षण नहीं किया गया था। ”

"लेकिन साहब, जो क्रूज़र था, उसमें से एक उसके करीब आ गया था, और मेरा एक दोस्त कहता है कि इस जहाज ने मज़ेदार अभिनय किया था। उसने कभी ऐसा कुछ नहीं देखा। यह ऐसा था जब वह टेरा पर एक बार, वॉशिंगटन राज्य में, बास के लिए मछली पकड़ रहा था। मछलियाँ होशियार थीं, इस तरह और

"यहाँ अपने क्रूजर है," दूसरे सैनिक ने कहा। "देखो!"

एक विशाल अस्पष्ट आकार धीरे-धीरे मैदान पर स्थापित हो रहा था। वे छोटे हरे ब्लिंकर की अपनी पंक्ति के अलावा कुछ भी नहीं बना सकते थे। आकार में देखा गया।

"बेहतर जल्दी, साहब," सैनिकों ने कहा। "वे यहां बहुत लंबे समय तक नहीं टिकते हैं।"

"धन्यवाद।" क्रेमर पूरे मैदान में लोप हो गया, उसके ऊपर उठे हुए काले आकार की ओर, मैदान की चौड़ाई में बढ़ गया। रैंप क्रूजर की तरफ से नीचे था और उसने उसे पकड़ लिया। रैंप पर उतरा, और एक पल बाद क्रामर जहाज की पकड़ के अंदर था। हैच स्लाइड उसके पीछे बंद कर दिया।

जब उन्होंने सीढ़ियों से मुख्य डेक तक अपना रास्ता बनाया तब टरबाइन अंतरिक्ष से बाहर चंद्रमा से ऊपर उठे।

क्रेमर ने मुख्य डेक का दरवाजा खोला। वह अचानक रुक गया, आश्चर्य में उसके चारों ओर घूरने लगा। देखने वाला कोई नहीं था। जहाज सुनसान था।

"अच्छा भगवान," उन्होंने कहा। अहसास उस पर झपटा, उसे सुन्न किया। वह एक बेंच पर बैठ गया, उसका सिर तैर रहा था। "अच्छे भगवान।"

जहाज हर पल चंद्रमा और टेरा को पीछे छोड़ते हुए अंतरिक्ष में घुसा।

और ऐसा कुछ नहीं था जो वह कर सके।

उन्होंने कहा, "तो यह आप ही थे, जिन्होंने कॉल को थ्रू रखा था।" "यह आप ही थे, जिन्होंने मुझे टिड्रा के किसी अस्पताल में नहीं, बल्कि विडफ़ोन पर बुलाया था। यह सब योजना का हिस्सा था। " उसने देखा और उसके चारों ओर। "और डोलोरेस वास्तव में है-"

"आपकी पत्नी ठीक है," उसके ऊपर की दीवार के स्पीकर ने आज रात कहा। "यह एक धोखा था। मैं तुम्हें उस तरह से धोखा देने के लिए माफी चाहता हूँ, फिलिप, लेकिन यह सब मैं सोच सकता था। एक और दिन और आप टेरा पर वापस आ गए होंगे। मैं इस क्षेत्र में आवश्यकता से अधिक समय तक नहीं रहना चाहता। वे मुझे गहरी जगह में खोजने के बारे में इतना निश्चित हो गए हैं कि मैं बहुत अधिक खतरे के बिना यहां रहने में सक्षम हूं। लेकिन यहां तक कि शुद्ध पत्र भी अंततः मिल गया।

क्रेमर ने अपनी सिगरेट को बुरी तरह पीटा। "तुम क्या करने वाले हो? हम कहा जा रहे है?"

"पहले, मैं तुमसे बात करना चाहता हूँ। मेरे पास चर्चा करने के लिए कई चीजें हैं। जब आप मुझे छोड़कर चले गए, तो मैं बहुत निराश था। मुझे उम्मीद थी कि आप बने रहेंगे। " सूखी आवाज चकली। "याद है कि हम पुराने दिनों में कैसे बात करते थे, तुम और मैं? वैसा बहुत समय पहले था।"

जहाज गति प्राप्त कर रहा था। यह जबरदस्त गति से अंतरिक्ष के माध्यम से गिर गया, रक्षा क्षेत्र के अंतिम भाग से परे और बाहर परे। मतली की एक भीड़ ने एक पल के लिए क्रेमर को झुका दिया।

जब उसने दीवार से आवाज़ उठाई, तो मुझे लगा, “मुझे खेद है कि इसे इतनी जल्दी उठाया जा सकता है, लेकिन हम अभी भी खतरे में हैं। कुछ और क्षण और हम मुक्त होंगे। ”

“कैसे जहाजों के बारे में? क्या वे यहाँ नहीं हैं? ”

“मैं पहले ही उनमें से कई से दूर हो गया हूँ। वे मेरे बारे में काफी उत्सुक हैं। ”

"जिज्ञासु?"

"वे समझती हैं कि मैं अलग हूं, अपनी जैविक खानों की तरह। उन्हें यह पसंद नहीं है। मुझे विश्वास है कि वे जल्द ही इस क्षेत्र से हटना शुरू कर देंगे। जाहिर है वे मेरे साथ शामिल नहीं होना चाहते हैं। वे एक अजीब दौड़ हैं, फिलीप। मैं उन्हें बारीकी से अध्ययन करना पसंद करता, उनके बारे में कुछ सीखने की कोशिश करता। मुझे लगता है कि वे कोई अक्रिय सामग्री का उपयोग नहीं करते हैं। उनके सभी उपकरण और उपकरण किसी न किसी रूप में जीवित हैं। वे निर्माण या निर्माण बिल्कुल नहीं करते हैं। बनाने का विचार उनके लिए विदेशी है। वे मौजूदा रूपों का उपयोग करते हैं। यहां तक कि उनके जहाज- ”

"हम कहा जा रहे है?" क्रेमर ने कहा। "मैं जानना चाहता हूं कि आप मुझे कहां ले जा रहे हैं।"

"स्पष्ट रूप से, मैं निश्चित नहीं हूं।"

"आप निश्चित नहीं हैं?"

"मैंने कुछ विवरणों पर काम नहीं किया है। मेरे कार्यक्रम में कुछ अस्पष्ट धब्बे हैं, फिर भी। लेकिन मुझे लगता है कि थोड़ी देर में मैं उन्हें इस्त्री कर दूँगा। "

"आपका कार्यक्रम क्या है?" क्रेमर ने कहा।

"यह वास्तव में बहुत सरल है। लेकिन क्या आप कंट्रोल रूम में आकर बैठना नहीं चाहते हैं? सीटें उस धातु की बेंच से बहुत अधिक आरामदायक हैं। "

क्रेमर नियंत्रण कक्ष में चला गया और नियंत्रण बोर्ड पर बैठ गया। बेकार तंत्र को देखकर उसे अजीब लग रहा था।

"क्या बात है?" बोर्ड के ऊपर के स्पीकर ने हंगामा किया।

ने बेबसी से इशारा किया। "मैं शक्तिहीन हूं। मैं कुछ नहीं कर सकता और मुझे यह पसंद नहीं है क्या तुम मुझे दोष देते हो?

"नहीं। नहीं, मैं तुम्हें दोष नहीं देता। लेकिन जल्द ही आपको अपना नियंत्रण वापस मिल जाएगा। चिंता मत करो। यह केवल एक अस्थायी समीक्षक है, आपको इस तरह से दूर ले जाता है। यह एक ऐसी चीज थी जिसका मैंने चिंतन नहीं किया था। मैं भूल गया कि मुझे देखते ही गोली मारने के आदेश दिए जाएंगे। "

"यह सकल विचार था।"

"मुझे इसमें कोई शक नहीं है। मेरी संकल्पना, मेरी योजना, जैसे ही आप अपने प्रोजेक्ट का वर्णन करने लगे, उस दिन मेरे घर पर था। मैंने एक बार देखा कि आप गलत थे; आप लोगों को मन की कोई समझ नहीं है। मैंने महसूस किया कि एक मानव शरीर को एक कार्बनिक शरीर से एक जटिल कृत्रिम अंतरिक्ष जहाज में स्थानांतरित करने से मन के बौद्धिककरण संकाय का नुकसान नहीं होगा। जब एक आदमी सोचता है, वह है।

“जब मैंने महसूस किया कि, मैंने देखा कि एक पुराने सपने के वास्तविक होने की संभावना है। जब मैं आपसे पहली बार मिला था तो मैं काफी बुजुर्ग था। तब भी मेरा जीवन-काल अपने अंत तक बहुत आ गया था। मैं मौत के अलावा और कुछ नहीं देख सकता था, और इसके साथ मेरे सभी विचारों का विलुप्त होना था। मैंने दुनिया पर कोई छाप नहीं की, कोई भी नहीं। मेरे छात्र, एक-एक करके, मुझे दुनिया से, महान अनुसंधान परियोजना में काम करने के लिए, युद्ध के बेहतर और बड़े हथियारों की खोज में ले गए।

“दुनिया लंबे समय से लड़ रही है, पहले खुद के साथ, फिर शहीदों के साथ, फिर प्रॉक्सिमा सेंटॉरी के इन प्राणियों के साथ, जिनके बारे में हम कुछ भी नहीं जानते हैं। मानव समाज ने एक सांस्कृतिक संस्था के रूप में युद्ध विकसित किया है, जैसे कि खगोल विज्ञान या गणित। युद्ध हमारे जीवन का एक हिस्सा है, एक कैरियर, एक सम्मानित व्यवसाय है। उज्ज्वल, सतर्क युवा पुरुष और महिलाएं इसमें शामिल हो जाते हैं, अपने कंधों को पहिया में डालते हैं जैसा कि उन्होंने नेबुचडनेज़र के समय में किया था। यह हमेशा से ऐसा रहा है।

“लेकिन क्या यह मानव जाति में जन्मजात है? मुझे ऐसा नहीं लगता। कोई सामाजिक रिवाज जन्मजात नहीं है। कई मानव समूह थे जो युद्ध में नहीं गए थे; एस्किमोस ने कभी भी इस विचार को नहीं समझा, और अमेरिकी इंडियंस ने इसे अच्छी तरह से कभी नहीं लिया।

“लेकिन इन असंतोषों को मिटा दिया गया, और एक सांस्कृतिक पैटर्न स्थापित किया गया जो पूरे ग्रह के लिए मानक बन गया। अब यह हम में शामिल हो गया है।

"लेकिन अगर कहीं रेखा के साथ समस्याओं के निपटारे का कोई और तरीका पैदा हो जाता है और उसे पकड़ लिया जाता है, तो पुरुषों और सामग्री के द्रव्यमान की तुलना में कुछ अलग होता है"

"आपकी क्या योजना है?" क्रेमर ने कहा। “मुझे सिद्धांत पता है। यह आपके एक व्याख्यान का हिस्सा था। ”

"हाँ, पौधे चयन पर एक व्याख्यान में दफन, जैसा कि मुझे याद है। जब आप इस प्रस्ताव के साथ मेरे पास आए तो मैंने महसूस किया कि शायद मेरी धारणा को जीवन में लाया जा सकता है, आखिरकार। अगर मेरा सिद्धांत सही था कि युद्ध केवल एक आदत है, एक वृत्ति नहीं है, तो न्यूनतम सांस्कृतिक जड़ों के साथ टेरा से अलग बनाया गया समाज अलग तरह से विकसित हो सकता है। यदि यह हमारे दृष्टिकोण को अवशोषित करने में विफल रहा है, अगर यह दूसरे पैर पर शुरू हो सकता है, तो यह उसी बिंदु पर नहीं पहुंच सकता है जहां हम आए हैं: एक मृत अंत, दृष्टि में और अधिक से अधिक युद्धों के साथ, जब तक कि कुछ भी नहीं बचा है लेकिन हर जगह तबाही और तबाही।

"बेशक, पहले प्रयोग करने के लिए एक मार्गदर्शक होना चाहिए। एक संकट निस्संदेह बहुत जल्दी आएगा, शायद दूसरी पीढ़ी में। कैन लगभग एक ही बार में उठेगा।

"आप देखते हैं, क्रेमर, मेरा अनुमान है कि अगर मैं ज्यादातर समय किसी छोटे ग्रह या चंद्रमा पर रहता हूं, तो मैं लगभग सौ साल तक काम करने में सक्षम हो सकता हूं। यह पर्याप्त समय होगा, नई कॉलोनी की दिशा देखने के लिए पर्याप्त होगा। उसके बाद - ठीक है, उसके बाद वह कॉलोनी तक ही जाएगा।

"जो निश्चित रूप से, बस के रूप में अच्छी तरह से है। मनुष्य को अपने दम पर अंततः नियंत्रण रखना चाहिए। एक सौ साल, और उसके बाद उनके पास अपने भाग्य का नियंत्रण होगा। शायद मैं गलत हूं, शायद युद्ध एक आदत से अधिक है। शायद यह ब्रह्मांड का एक नियम है, कि समूह हिंसा के कारण समूह के रूप में ही जीवित रह सकते हैं।

"लेकिन मैं आगे जा रहा हूं और यह मौका ले रहा हूं कि यह केवल एक आदत है, मैं सही हूं, यह युद्ध एक ऐसी चीज है जिसका हम इतने आदी हैं कि हमें एहसास नहीं होता कि यह बहुत ही अप्राकृतिक चीज है। अब जगह के रूप में! मैं अभी भी उस बारे में थोड़ा अस्पष्ट हूं। हमें अभी भी जगह मिलनी चाहिए।

“यही तो अब हम कर रहे हैं। आप और मैं पीट पथ से दूर कुछ प्रणालियों का निरीक्षण करने जा रहे हैं, ग्रह जहां व्यापार की संभावनाएं काफी कम हैं ताकि टेरान जहाजों को दूर रखा जा सके। मैं एक ऐसे ग्रह के बारे में जानता हूं जो एक अच्छी जगह हो सकती है। यह उनके मूल मैनुअल में फेयरचाइल्ड अभियान द्वारा सूचित किया गया था। हम उस पर गौर कर सकते हैं, एक शुरुआत के लिए। ”

जहाज खामोश था।

एक समय के लिए बैठ गया, उसके नीचे धातु के फर्श को घूर रहा था। मंजिल टर्बाइनों की गति के साथ सुस्त रूप से धड़कती है। अंत में वह ऊपर देखा।

"तुम सही हो सकते हो। शायद हमारा दृष्टिकोण केवल एक आदत है। ” क्रेमर अपने पैरों पर चढ़ गया। "लेकिन मुझे आश्चर्य है कि अगर आपके साथ कुछ हुआ है?"

"वो क्या है?"

“अगर यह इतनी गहरी अभेद्य आदत है, तो हजारों साल पीछे जा रहे हैं, तो आप अपने उपनिवेशवादियों को तोड़ने, टेरा और टेरान रीति-रिवाजों को छोड़ने के लिए कैसे जा रहे हैं? कैसे इस पीढ़ी के बारे में, पहले वाले, जो लोग कॉलोनी पाए? मुझे लगता है कि आप सही हैं कि अगली पीढ़ी यह सब से मुक्त होगी, अगर वहाँ थे - “वह मुस्कुराया। "ऊपर वाला बूढ़ा आदमी इसके बजाय उन्हें कुछ और सिखाने के लिए।"

ने वॉल स्पीकर को देखा। "आप लोगों को टेरा को छोड़ने और आपके साथ आने के लिए कैसे जा रहे हैं, यदि आपके अपने सिद्धांत से, इस पीढ़ी को बचाया नहीं जा सकता है, तो इसे अगले के साथ शुरू करना होगा?"

दीवार वक्ता चुप था। तो यह एक ध्वनि, बेहोश सूखी चकली बनाया।

“मुझे तुम पर आश्चर्य हुआ, दीक्षा। बसने वाले मिल सकते हैं। हमें कई, बस कुछ की आवश्यकता नहीं होगी। स्पीकर ने फिर से चुटकी ली। "मैं आपको अपने समाधान से परिचित कराऊंगा।"

गलियारे के दूर के छोर पर एक दरवाजा खुला हुआ खुला था। ध्वनि थी, एक संकोच भरी ध्वनि थी। क्रेमर बदल गया।

"डोलोरेस!"

डोलोरेस क्रेमर अनिश्चित रूप से खड़े थे, नियंत्रण कक्ष में देख रहे थे। वह विस्मय में झपकी। “फिल! तुम यहां क्या कर रहे हो? क्या चल रहा है?"

वे एक-दूसरे को घूरते रहे।

"क्या हो रहा है?" डोलोरेस ने कहा। "मुझे एक मिला है कि आपको एक चंद्र विस्फोट में चोट लगी थी-"

दीवार वक्ता जीवन में । “तुम देखते हो, दार्शनिक, वह समस्या पहले से ही हल है। हमें वास्तव में इतने सारे लोगों की आवश्यकता नहीं है; एक भी दंपति कर सकता है। ”

ने धीरे से सिर हिलाया। "मैं देख रहा हूँ," वह मोटे तौर पर बड़बड़ाया। “सिर्फ एक युगल। एक आदमी और औरत। ”

उन्होंने कहा, " यह सब ठीक हो सकता है, अगर कोई देखने और देखने वाला होता तो चीजें वैसी ही होतीं जैसी उन्हें चाहिए थीं। वहाँ काफी कुछ चीजें हैं जो मैं आपकी मदद कर सकता हूं, फिलिप। पर्याप्त। हम बहुत अच्छी तरह से मिलेंगे, मुझे लगता है।

क्रेमर ग्रिन किया। "आप भी हमें जानवरों का नाम लेने में मदद कर सकते हैं," उन्होंने कहा। "मैं समझता हूं कि यह पहला कदम है।"

"मुझे खुशी होगी," टोनलेस, अवैयक्तिक आवाज ने कहा। “जैसा कि मुझे याद है, मेरा हिस्सा उन्हें एक-एक करके आपके सामने लाना होगा। तब आप वास्तविक नामकरण कर सकते हैं। ”

"मुझे समझ नहीं आया," डोलोरेस लड़खड़ाया। “उसका क्या मतलब है, फिल? जानवरों का नामकरण। किस तरह के जानवर? हम कहा जा रहे है?"

धीरे-धीरे बंदरगाह पर चला गया और चुपचाप बाहर खड़ा था, उसकी बाहें मुड़ी हुई थीं। जहाज से परे प्रकाश के असंख्य टुकड़े, अंधेरे शून्य में चमकते अनगिनत अंगारे। तारे, सूरज, सिस्टम। अंतहीन, संख्या के बिना। दुनिया का एक ब्रह्मांड। ग्रहों की एक अनन्तता, उनके लिए इंतजार कर रहा है, चमक और अंधेरे से ।

वह वापस बंदरगाह से दूर चला गया। "हम कहा जा रहे है?" वह अपनी पत्नी पर मुस्कुराया, घबराया हुआ और भयभीत, उसकी बड़ी आँखें अलार्म से भर गई। "मुझे नहीं पता कि हम कहाँ जा रहे हैं," उन्होंने कहा। "लेकिन किसी भी तरह अभी बहुत महत्वपूर्ण नहीं लगता ...। मैं प्रोफेसर की बात को देखने लगा हूँ, यह परिणाम है कि मायने रखता है। "

और पहली बार कई महीनों में उसने डोलोरेस के चारों ओर अपना हाथ रखा। सबसे पहले उसने कड़ा किया, उसकी आँखों में अभी भी डर और घबराहट है। लेकिन फिर अचानक उसने उसके खिलाफ आराम किया और उसके गालों को गीला करते हुए आँसू आ गए।

"फिल ... क्या आपको वास्तव में लगता है कि हम फिर से शुरू कर सकते हैं- आप और मैं?"

वह उसे नम्रता से चूमा, तो पूरी भावना।

और अंतरिक्ष यान शून्य के अनंत, ट्रैकलेस अनंत काल के माध्यम से तेजी से गोली मार दी ...।

www.ingramcontent.com/pod-product-compliance
Ingram Content Group UK Ltd.
Pitfield, Milton Keynes, MK11 3LW, UK
UKHW020137250726
13967UKWH00002B/713

9 781034 328872